〔比〕马里奥·拉莫 / 著·绘   赵佼佼 / 译

我的
红气球

GUANGXI NORMAL UNIVERSITY PRESS
广西师范大学出版社
·桂林·

小红帽今天得意极了，

因为妈妈送给她一个漂亮的红气球。

"快拿去给外婆看看，她见到你一定很开心。

别忘了代我向她问好。"

小红帽兴冲冲地走进森林，大声唱着：
"去森林，走一走——
咦，还有谁在森林里溜达？
一只狐狸？一辆巴士？一节火车头？"

"一二、一二、一二……

当心，小姑娘！别挡着冠军的路。"

狮子跑了过去。

"好的好的，知道啦。

现在我要接着唱歌了：

去森林，走一走，趁着老狼还没来——

呀！那是什么？

一头野猪？一个衣柜？一只梁龙？"

"你好呀，漂亮的小朋友。可别踩着这些花儿！我正在为我的小老鼠扎一个漂亮的花束呢。"大象说。

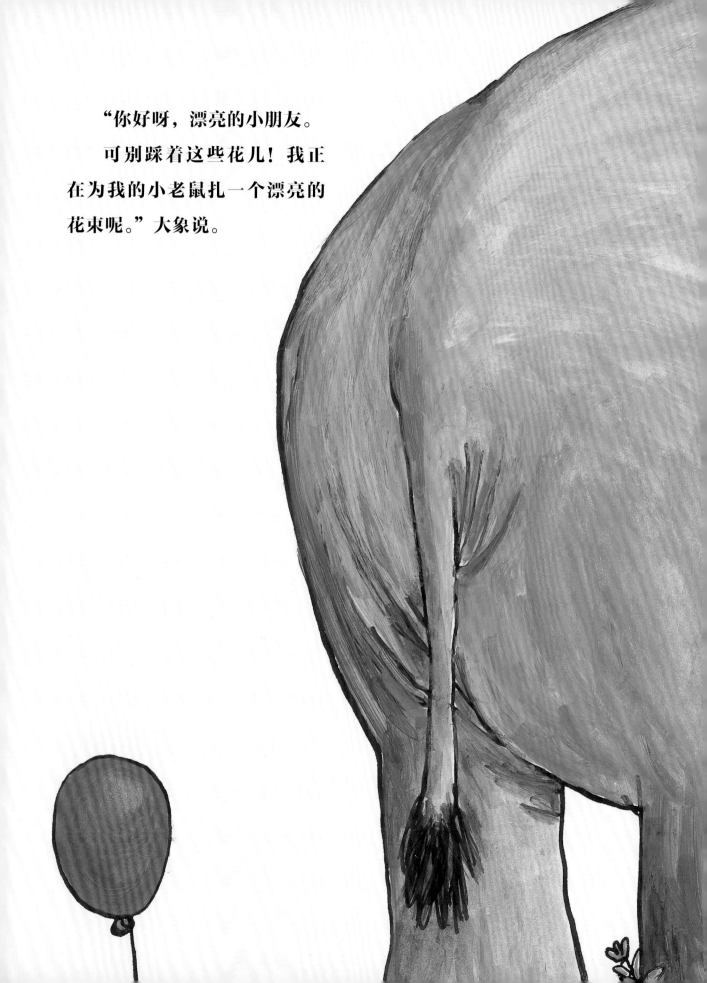

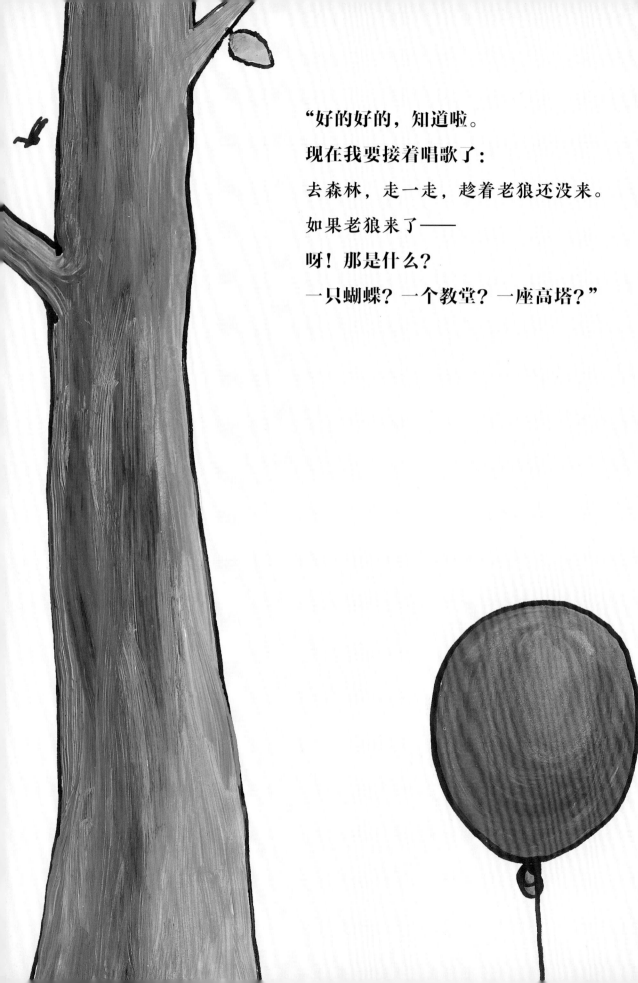

"好的好的，知道啦。

现在我要接着唱歌了：

去森林，走一走，趁着老狼还没来。

如果老狼来了——

呀！那是什么？

一只蝴蝶？一个教堂？一座高塔？"

"不签名、不签名！
今天，我不当明星。"
原来是长颈鹿。

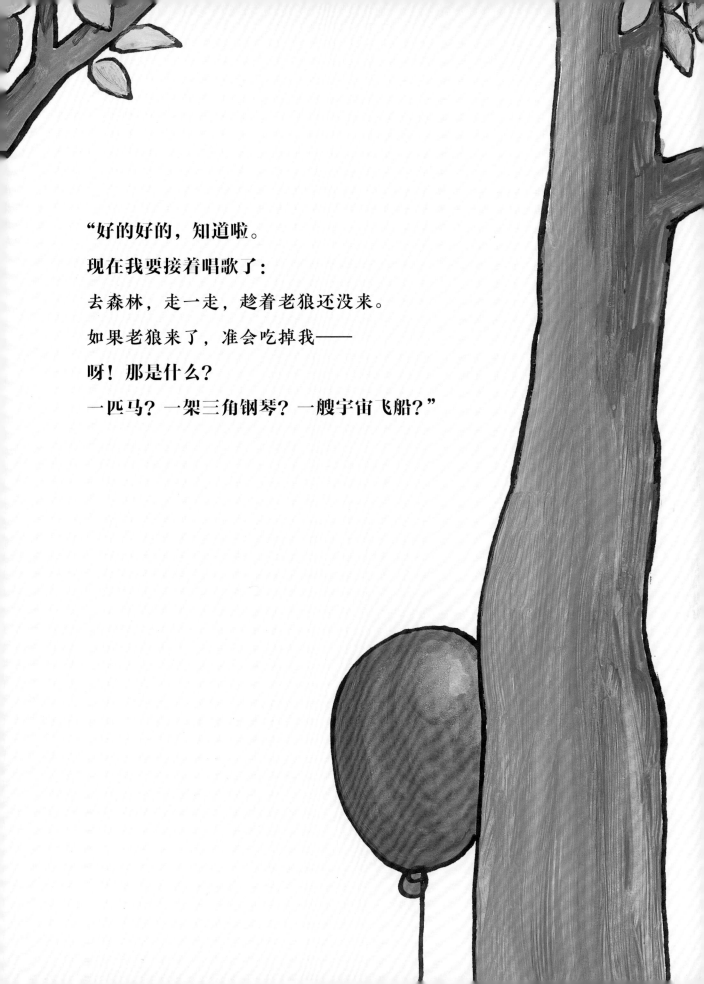

"好的好的，知道啦。

现在我要接着唱歌了：

去森林，走一走，趁着老狼还没来。

如果老狼来了，准会吃掉我——

呀！那是什么？

一匹马？一架三角钢琴？一艘宇宙飞船？"

"嘘——别出声！

我已经在这儿藏了三天三夜了。"

犀牛轻声说。

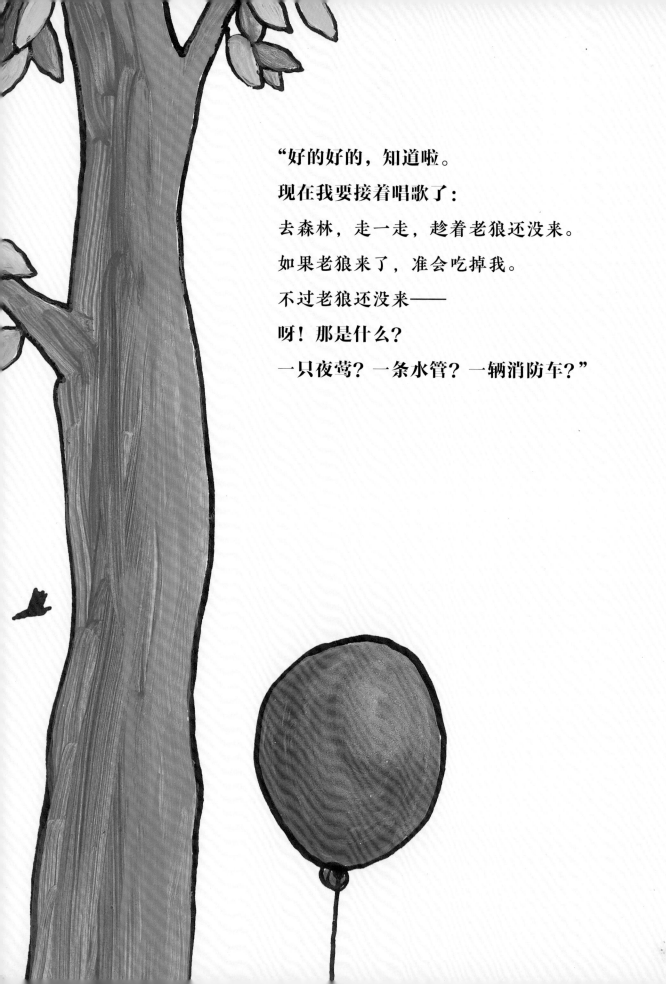

"好的好的，知道啦。

现在我要接着唱歌了：

去森林，走一走，趁着老狼还没来。

如果老狼来了，准会吃掉我。

不过老狼还没来——

呀！那是什么？

一只夜莺？一条水管？一辆消防车？"

"喂！穿红衣服的小丫头！
走开走开，快走开！
大虾全被你吓跑了！"
一群火烈鸟叽里呱啦地抱怨。

"好的好的，知道啦。

现在我要接着唱歌了：

去森林，走一走，趁着老狼还没来。

如果老狼来了，准会吃掉我。

不过老狼还没来，他还吃不着我——

啊！一张长满尖牙的嘴！

是他！大……大灰……灰大……

不好了！可怕的大飞狼——

大灰凉来啦！

啊——！"

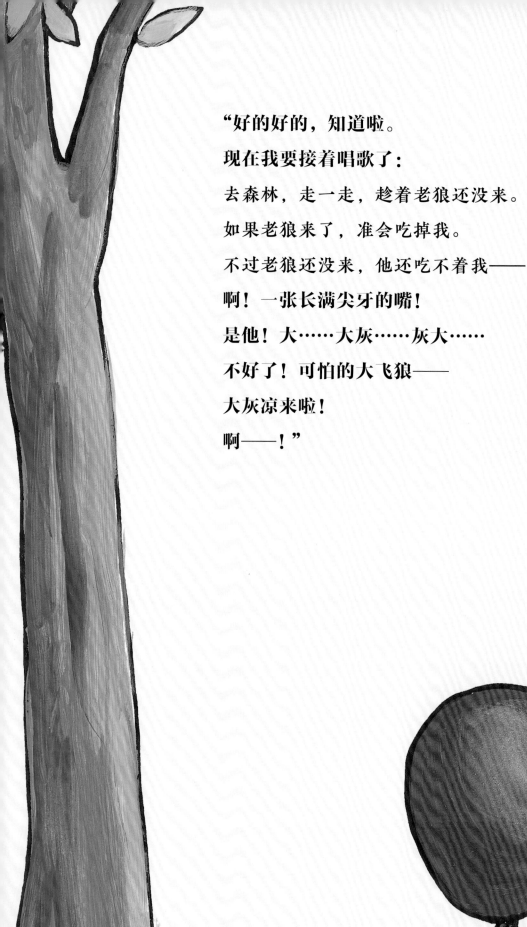

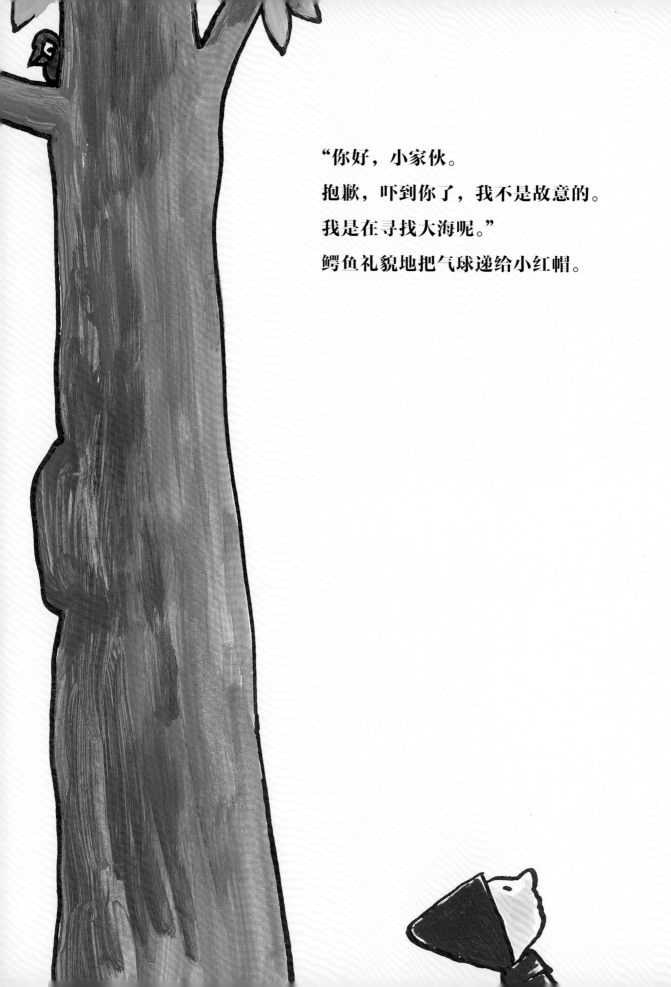

“你好，小家伙。

抱歉，吓到你了，我不是故意的。

我是在寻找大海呢。”

鳄鱼礼貌地把气球递给小红帽。

"好的好的，知道啦。

现在我要接着唱歌了：

去森林，走一走，趁着老狼还没来。

如果老狼来了，准会吃掉我。

不过老狼还没来，他还吃不着我。

老狼老狼，你在哪儿？"

"我在这儿呢！我当然会在这儿等着你！"
大灰狼紧紧地盯着小红帽，
"附近没有猎人，只有你和我。
哈，太幸运了！我要好好美餐一顿！"
他边说边咽口水。

突然，大灰狼扑向小红帽。

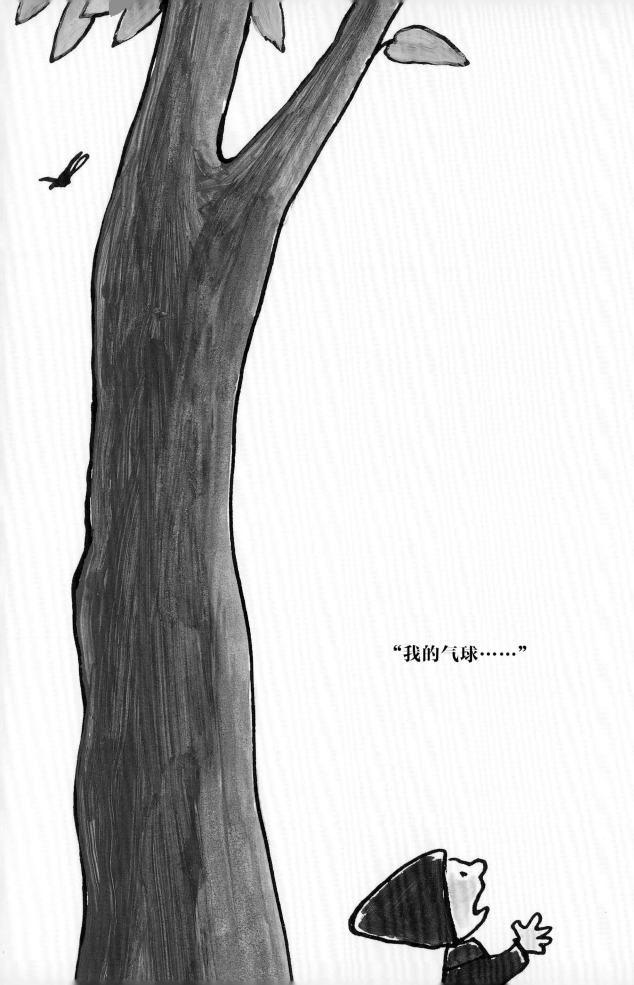

"我的气球……"

气球

我的红气球

Wo De Hong Qiqiu

出版统筹：张俊显
项目主管：孙才真
策划编辑：柳　漾
责任编辑：陈诗艺
助理编辑：闫　函
责任校对：郭琦波
责任美编：邓　莉
责任技编：李春林

图书在版编目（CIP）数据

我的红气球／（比）马里奥·拉莫著、绘；赵佼佼译. —桂林：广西师范大学出版社，2019.6
（魔法象. 图画书王国）
书名原文：Mon Ballon
ISBN 978-7-5598-1707-5

Ⅰ．①我… Ⅱ．①马…②赵… Ⅲ．①儿童故事－图画故事－比利时－现代 Ⅳ．① I564.85

中国版本图书馆 CIP 数据核字（2019）第 060341 号

广西师范大学出版社出版发行

（广西桂林市五里店路 9 号　邮政编码：541004）
网址：http://www.bbtpress.com

出版人：张艺兵
全国新华书店经销
北京尚唐印刷包装有限公司印刷
（北京市顺义区牛栏山镇腾仁路 11 号　邮政编码：101399）
开本：889 mm×1 100 mm　1/16
印张：3　插页：8　字数：30 千字
2019 年 6 月第 1 版　2019 年 6 月第 1 次印刷
定价：42. 80 元

如发现印装质量问题，影响阅读，请与出版社发行部门联系调换。